JN220218

詩集

行方しらず

春木節子

砂子屋書房

詩集　行方しらず

ガーゼをあてる

小学生のわたしは小児喘息の治療のため
ちかくのT大学附属病院の
薄暗い　リノリュウムの敷かれた廊下の長椅子で
順番を待っていた

持ってきた本に見飽きると
隣りの口腔外科の
開け放たれたドアから

お医者さんや看護婦さんの治療の様子がみえる

先生がライトをあてると
黒い革の背あてがついた椅子に座ったおじさんの
顎にあてられた大きなガーゼを
看護婦さんが　そっとはずす
すると　おじさんの顎には
おおきな穴が空いていて
おじさんの舌のねもとや喉奥が　よくみえた

わたしは　ガーゼのしたはああなっていたのだとしり
みてはいけないような　めをそらしても失礼なような
それでも　隣りの科にならぶ人々の包帯やマスクやガーゼが
なぜあてられているか　そっとうかがい

自分ののどの変調から
おじさんの暗い大きな穴をみたことでおとずれるだろう
明け方の呼吸を阻む　喉奥をみっしりと塞ぐ充血をおもい

けれどわたしは
ライトの光りのなかで
おじさんによりそうように治療する
変色した傷を　濡れた脱脂綿で器用に消毒する看護婦さんの指先や
間をおかずすぐに真新しいガーゼをあてる
もうひとりの看護婦さんのすばやい手つき
白衣を汚した先生の　小声でくりかえされる問いかけに
答えようとする　おじさんの
いっしょうけんめいな　不明瞭な言葉に

喉下を溶かすような
不思議なあたたかいものが　自分の胸奥に落ちていくのがわかった

死んだ言葉　1

ひとさらい
夕方になると兄が
せっこみたいに　何所に行くともいわず
遊びに行ったまま　家に帰らないと
人さらいに連れていかれるけど　いいんだな
とうるさく言う
母から言われて　きっと私に言っているんだ　と
一年生になったわたしは

でも　そんなこと言われなくても知っているから
と黙っている

日も暮れて　アセチレンガスの灯がゆらゆらする
焼き芋屋のおじさんのところに
焼き芋下さい　と言いに行くと
おじさんは
ちょっと待っててね　と言って
後ろから　ごそごそと蒲生《こも》を出してきて　わたしに被せると
崖までひきずって　落そうとする夢を
毎晩見ていたから

死んだ言葉　2

犬殺し

家にはペルというスピッツがいて
わたしは　時々野犬を追って走っていく犬殺しのおじさんに
ペルが連れていかれないか
用心している
家の人は　暢気に笑っているけれど
おじさんに連れていかれたら　どうするの
おじさんは　何時も汚れた布の帽子を深くかぶって

左手に棍棒を持ち　もう片方には麻袋を持って
この辺りに犬がいないか　探しているのに

死んだ言葉　3

ままは
いつも学校から帰ると読んでいた
講談社の少年少女世界文学全集には
まま母
と言われる人が出てきて
主人公の　女の子や男の子をいじめるけれど
本当は　どうなの
わたしのクラスで母親参観に来る　彦坂さんのお母さんを

みんなは　まま母だって言っているけれども

彦坂さんの本当のお母さんは
産まれたばかりの彦坂さんの弟が
布団に寝かせていたら　いつのまにか死んでしまって
おうちからおばあさまに追い出されたって
みんな話しているけれど

彦坂さんが　お教室でいつも泣いてしまうのは
今度来た新しいお母さんのせいでなくて
何処かに行ってしまったお母さんに会いたくて
それで泣いているんじゃないの　って
わたしは思っている

口を顰めてみんながはなしていた
言葉は　とうに死んでしまって

でも　その言葉をおもいだすと
わたしのうちの　澱んだ沼から発する瘴気となって
いまは　つかわれなくなった言葉たちが
途切れることなく
湧いてくる　のは
なぜなのだろう

おがみ愛玩動物雑貨店

足を踏み入れると
薄暗い店の奥から　入口まで
重なってつづくケージが
興奮した小動物の声で揺れ
その気配で
「はーい　ただいま」と
おがみさんの奥さんが
割烹着姿で　背中の泣いていることもをあやしながら

小走りで出てくる

子供には分からないだろうけれども
あの奥さんは　新橋のスタンドバーにいた人なのよ
という母の話しで
スタンドバーって　どんな仕事か知らないけれど
この辺りではみかけないきついパーマや
はだしでちびた下駄をはき　せわしなく歩くおばさんは
働き者

そういえばおばさんは
いつも両手に塵取りと　小箒を持ち
お客の前でも　やたらにケージの前を掃いているけれど
小鳥や　サルや　モルモット　子犬やオオムが

ケージを揺らして鳴き続けるので
おじさんやおばさんが住んでいる　店の奥まで
こぼれた餌や抜けた羽が　重なって土間にこびりつき
獣の匂いがいっぱい

屋上の三角屋根には
おじさんの飼っている伝書鳩がたくさんいて

おじさんは空を見上げて
何の合図も送らないのに
鳩の群れを規則正しく
小隊のように三角にしたり　乱れさせたり

おじさんは

わたしに
眼をみれば　わかると
厩舎から　鳩の頭を優しく摑んで
頤をのけぞらせる鳩の眼の尋常でない輝きをみせてくれ
おがみ愛玩動物雑貨店の
おじさんが飼っている鳩が
鳩のレースでも優勝する　立派な
頭の良い　鳩であることを
教えてくれたが

おじさんと
おばさんが話しているところは
見たこともなく

店の奥の住まいにつづく硝子戸のなかには
何にんのこどもがいるのだろう

校庭の王さま

キーキーと叫んでいるのは
ポーキーが
校庭に並んだ鉄棒に
鎖で繋がれて　おじさんを呼んでいる声なのか

先生のお授業の声にも耳を傾けず
窓から空を眺めていたわたしには
かすかに聞こえてきて

なにしろポーキーは
用務員のおじさんに可愛がられているから

裏門に
わたしたち小学生が背伸びしても
どうしても届かない　金網のおおきな鳥舎を作ってもらい

遠くから　電車やバスを乗り継いでくる級友と違い
遅刻すれすれ　あるいは遅刻して
自分のすきなように裏門から登校するわたしは
おじさんが　鳥舎の環貫をあけ
「さあ　ポーキー　鉄棒に行こうね」
と　わたしたちにかける声とまるで違った

慈愛に満ちた王さまのように
威厳をもって　ポーキーに近づき
恭順なふうをみせるポーキーは　おじさんの肩に飛び乗り
わたしたちの運動場に並んだ一番低い鉄棒に
鎖を垂らして　結わえているのを　何時も見ているので

ポーキーは
こどもには　おそろしい鸚鵡で
休み時間に　まだポーキーをよく知らない一年生や
知っていても仲良しになりたい二年生が
背中を撫でようと手を近づけると
嘴で　激しく威嚇し
色褪せた羽を逆立て　鎖の伸びるかぎり襲ってくるので
つつかれて泣き出したり　手に小さな穴をあけられ血が滲んだりすると

みんな走って担任の先生に
「先生　大変大変　ポーキーが」
といつも大騒ぎになるのだが

ポーキーはなぜか
並んだ一番低い鉄棒に
天気の良い日には　必ず繋がれていて

おじさんは今までも
自分の好きな動物や鳥を
おがみ愛玩動物雑貨店から調達し
ポーキーには　あんな大きな鳥小屋を作ってやり

たとえ低学年の生徒が怪我をしたり

怖くなって学校に来られなくなっても
平気で

そうして
三年生のわたしは
学校の校庭で一番偉いのは
用務員のおじさんではないか　と　おもいいたり
裏門から登校する時には
校庭の王さまと思えるおじさんへの
丁寧な挨拶を欠かさない

犬の鎖

まだ言葉も話せない頃　隣家から生まれたてのスピッツが貰
われてきて　仔犬とわたしは家族の中でのヒエラルキーを争
い　噛まれたり　わたしが噛みついたり
それは泣いているわたしと　わたしのはいている毛糸のレギ
ンスの端を銜えてカメラを覗いている　白い仔犬が写った白
黒写真を見て思い出したことで
そう言えばこの写真の数年の後　犬は　重い病にかかり　家
の人たちは手厚く看護し　病のため白い毛も抜け落ち　斑に

なった赤肌の亡骸を　母や兄は涙して庭に埋め

犬小屋の前には　錆びた鎖だけが繋がれていた

雨の降る日　わたしは　家の人には何も言わず　白い毛が絡
まった鎖をはずし　自分用のお菓子を入れる空き缶にしまい
家の人が留守のときに　がらがらと缶を鳴らして　ペル　と
呼んでみた

洋梨のコンポート

忘れてしまっていたあのころ

『タルキニアの子馬』の色褪せた表紙をひらくと　そこには遠い昔に読んでかすかに記憶していた　十人にみたない人々のひと夏のはなしが書かれていた

朝の八時には　暑さで牛乳も腐る海辺でのヴァカンス　二組の夫婦　おんなともだち　ジャンと呼ばれる海辺で知りあった男　無聊な日々を託つかれらは　日に十杯はビターカンパリを飲み　議論をし　不毛な議論は毎日繰り返され　彼らのあいだには少しずつ罅がはいり　頁は会話体で埋まり　言葉の羅列に　字面

を辿るわたしの視界は　チリチリと炎をあげて燃えるフィルム
のように灼かれ　灼かれたあとからあとから記憶は蘇り

カルキの臭い　プールサイドを走る子どもたちを注意する
監視員の青年の声　誰かが傍を力強いストロークで泳ぎ
わたしの耳元を濡らして　夏がおわるにはまだ沢山の時間
があり　兄たちが興じているテニスボールの乾いた打球音
プールサイドまで張り出した樹木の木漏れ日　ただ眼を閉
じ主人公サラの気怠さを真似　水流に身を任せ

村では　あまりの暑さに海辺までせまる山で山火事が起こり
青年が焼け死に　彼がこの村に駐屯していた軍人であることか
らあらたな議論がはじまり　彼らの会話は空回りし　やがて諍
いがはじまり

夕暮れに家に戻ると　玄関の扉から　伯父から送られてきた沢山の梨を三温糖で煮る甘い匂いが　流れてきた　濡れた髪をサラのように熱いお湯で洗い　……陽の翳る部屋で『タルキニアの子馬』をよんでいます……と手紙を書き……デュラスについて教えて下さい……と書き終えて机にうつぶせて目を閉じると　青年ジャンはあなたになり　些末な議論を繰り返す人々のなかにいて　大人の姿をしたわたしはヴァカンスの最後の夜　村はずれにあるダンスホールで踊るという　昼間ジャンと密かにかわした約束を視線で確かめあい　たがいに顔をあからめて

埃で色焼けした文庫本の

裏表紙を閉じ
挟んであった　あなたが寄こした数頁の手紙を開くと
懐かしい字で　わたしの名が　書かれていた

牛をみたほかは　なにもなかったあの夜

夜行列車ばかりを素材にして書かれた
短編のアンソロジーを
夜更けて　繙く

浴槽に入り
濡れないように
少しずつ
頁をくり

活字を辿りながら
自分の記憶におされてしまうときには
ただ　字面を眺めて

渦巻くように
甦る記憶は
小学生の兄と
まだ若い従兄弟と
北陸のＮ駅へ
各駅停車で向かった　夜のできごと

木製の背もたれに張られた　ビロード

ききすぎる暖房にくもった硝子窓
兄と従兄弟は寝入ってしまい

足が滑ると危ないといわれていたのに
寝苦しくて
おそるおそる　デッキに立つと
ホームには　雪が積もっていて
電車の灯りが
闇にこぼれ
雪に埋もれた
草原をところどころ照らしていた

その草原に
牛が繋がれていたこと

牛は
薄い灯りのなかで
しろい息を吐いて
幼かったわたしのからだが震えるほど
いきなり鳴いたこと
あの長い　長い夜

不思議なことに
わたしにはまだ
しんとした闇に内包された
夜行列車の
外気の冷たさに　硝子窓を曇らせた
車窓から

電球の薄あかりに照らされ
歳もとらずに
ただ　いつまでも寝入っている
懐かしいひとたちが
見える

むかしの話

こどもたちもまだ小さくて
仕事でいそがしい夫は
休日もとれないから　夕食後みんなでトランプをしよう
というので

毎夕　食事がすむと
四人掛けのテーブルのうえをかたづけ
みんなの大好きなゲーム

ラストワンをはじめ
しばらくたつと
必ず　電話が鳴りはじめるのでした

その電話は
受話器をとるまで　鳴りやまず
カードを手にもったままの
こどもたちに　すぐおわるから
と　電話にでると
いつものひと

この時間は　電話ができません
とつたえてあるのに
こちらからなにもはなさずとも

途切れなく　はなしはつづいて
はなしは　そのひとが先月に　はじめてだした詩集のこと
「せっちゃん　考えられる
Kさん　このあいだの合評会で
泣きながらわたしに抱きついて
貴女って　可哀そうなひとだったのね　ていうの、
あのかた　ほんとうに失礼な方です。
わたしはゆるせません」
詩集には　はじめての夫と　おさないおとこのこを
火事でなくしたはなしが書かれていて

わたしはいつもどおり
なんと言ってよいか分からず

そのひとの電話は
受話器をおくと
わたしのうちに　のみこめない固いしこりを残していき

さいごに
この時間は　電話にでられないので
とはなしても
あくる日には　また電話が鳴り

「わたしこれだけは　こうかいしているの
こどもと　しゅじんをおいて
新橋に働きに行っていたあの夜
でかける前に　温めた牛乳をこどもがこぼして
ひどく叱ったの

いまでも忘れられないのよ」
そのあとに　なにもいわないその人が
とおい記憶にとどまって
つよい痛みを反芻しているのが
受話器のむこうの　つづいている沈黙から
つたわってきて
電話をおえることができないわたし

耳おくに
つよく残るその人の言葉が
雨の日の夜など
ふいに　よみがえってくるのです

大丈夫よ　心配しないで

息子は
薬を飲みたくないと言う

おかあさん
ぼくの頭のなかで　なにかがおこっていて
ぼくは　よなかに叫ばずには　いられない
薬をのんで　これいじょう
頭のなかがおかしくなったら　とおもうと

怖くて
薬が飲めないのです

夜中に
あなたの叫び声が聞こえても
わたしには　どうすることもできず
やがて　あなたが部屋からでてきて

いま　どなっていたのは
おとうさんや　おかあさんのことではないから
きにしないで

精一杯の冷静をよそおって話す彼が
何かに追い詰められて　崩壊していくことは

容認し難く

ああいう患者は　薬を飲むのを嫌がる
薬を飲むということを理解しないから
友だちの医師の息子が
家でそう話している　と聞くと
それは違うのよ　と
言ってみたいが

わたしは　相槌を打つことはせず
黙って聞いている

バス停

牛込保健センター前のバス停で新宿駅行のバスを待っている。曇天に、椋鳥が群れたり、離れたりして頻りに囀る。樹木の葉だとばかり思って眺めていたセンター内に埋められた貧相な枝をしならせている葉の茂りは、黒々とした影を作った椋鳥の塊だった。まるで何かの予兆のように。

このバスの路線は生家からも近く、隣りのバス停前にある神経研究所・清和病院がただの病院なのか、それとも精神科専門の病院なのか、小学生のわたしは、母と口論したことがあって。車窓からみる病院は当時から古びて、壁面のコンクリートには亀裂が入り、正面玄関から患者の出入りもみたことは無く、ただ屋上に大書された看板だけが目立つ閑散とした病院なのだ。その病院がどんな病院かわかったのは、もう少しおおきくなり病院の一つ先、柳町バス停にあった茶道の稽古に通っていた頃、茶道の先生の話しからで。清和病院に入院したお弟子さんを見舞った先生が、お弟子さんのｓさんが好きだったアンパンをお見舞いに持ってき、一緒に食べようと袋から出すとｓさんが、アンパンを先生の顔に凄い力で押し付けた、という話しで。患者も家族も当時は裏口から出はいりしていたこともわかり。

わたしは幼いころから、その病気になりたくないと思うと、どうしてもその病気にならざるを得ないような結果となることを経験上知っていて。たとえば父方の伯父伯母がみな盲腸だった、と聞き、盲腸だけにはなりたくない、と子供心に強く思っても、長じて盲腸となり。椎間板ヘルニアの痛みは、成人男子でも堪えきれない激しい痛みと聞き、どうかその病気だけにはならないようにと願っていると、まるでその思いが膨らんで結実するように、ある日ヘルニアの激痛に襲われ、それでも手術は十人に一人という先生の説明にすがるおもいで通院していると、ヘルニアは背骨で徐々に成長し巨大ヘルニアとなって手術に至り。

わたしには、この病気に罹りたくない、と頭に浮かぶと、避けよう避けようと念じるようなおもいでいても、その病気が体内に育まれていくという身体の不思議な癖があるので。車窓から神経研究所をみて何か咄嗟に思わないよう、避けていたのだが。

わたしがのがれた病は、家族の疾患となり。

こうやって昔保健所まえと名付けられていたバス停を利用し、
慰めとも思える保健士の言葉ではどうにもならないであろう行
く末を考えながら、なぜ医学書のあのページだけ何度も開いて
みていたのかうつうつとしていると。
枯れ木の枝にざわめいてもくもくとむらがっていた椋鳥たちは、
無数の嘴でわたしの鼓膜をつつき、絶え間ない囀りの礫で胸お
くに秘した柔らかな塊をうってくる。

黒い手帳

電気を止めて廃屋となった少しずつ朽ちていく夫の生家で　陽
が翳るまでに　四人に一人欠けた兄妹と連れ合いが　探し物を
しているのだ　長男は埃だらけの階段をのぼり　初めての一人
旅で購入した床の間に飾られていたはずの博多人形　次女は
美大を目指し油絵の勉強のために通っていた画家の伯父宅に通
って描いた人物画　次男は応接間のマントルピースにあった
父のヨーロッパ土産のブランデーと　母が残した自筆の短歌
七年前に逝った長女の連れ合いは　彼女が幼い頃縫った洋服を

着た人形を　和裁机でみつけ
わたしは　整理された義父の書斎で探し物をする

机の上に置かれた桐箱の蓋を開けると　萬國切手連盟加盟五十
週年記念と書かれた　郵便局長をしていた祖父の切手帖　本立
てには　背表紙の箔も落ちかけている『国際船舶港湾保安法』
と銘された一冊　引き出しをあけるとその奥に　黒い手帳がひ
っそりと仕舞われていた
頁には　克明な数字で示された株の推移と　数行で書かれたそ
の日の出来事　遠方の都市で暮らす　長男の家族の様子は……
今日は吉行の運動会　東京方面天気晴朗　義彦の会社運営も好
調との知らせ　嫁より電話あり　とあった
何事もなく暮らしていた　あのころの　わたしたちのこと

何時の間にか窓からさす光りが　ものの影を濃くしていくころ
皆誘い合うともなく　父の書斎の窓に集まって　川向こうの
歳月をかけて抉られたように立つ山々の深い樹木を　急激に闇
に引き込んでいく落日を見ている

絶え間なく流れる　川音だけがする闇に包まれ

ベビーカステラを売る男

煉瓦の壁に這う蔦も枯れている　「名曲喫茶」
ランブル横前田皮膚科脇　石畳路地に　ある日突
然出来ていたテント　薄暗い電灯を昼夜つけて
襟なし七分袖の白い上っ張りを着た　ベビーカス
テラを売る男が　静かに座っている
蜂蜜たっぷり　新鮮鶏卵　焼き立て　の立て看
が　男の脇に置かれていて
暑いときには　アイスキャンディーなど食べな

がら　通る人を眺めている　時には　鯛焼きなど
ほうばって歩く二人連れの女子大生を　じっと目
でおっていることもあり　女子大生をみているの
か　鯛焼きが売れているのを羨ましいのか　男が
表情を変えることがないため　見当はつかない
ただ　七分袖から出ている腕の体毛は　男の意に
反したように生暖かい風にそよいでいる
　ベビーカステラを焼くときの　甘い匂いが恋し
くなり　明日は買ってみるかもしれない　声をか
けた男が　どうするのか見たくて

犬は　抱くもの

短歌の新星　と紹介された男は
わたしのとなりにすわって
唐突に
「僕を　ポチと呼んでください」といった

「ポチ……」と呼ぶと　ポチは
「ワン」とこたえて
「なんでも命令してください」というので

「小皿に醤油を入れて」というと
男は　少しずつ醤油を垂らして
わたしのまえにおき
「あたまを撫でて　ほめてください」
と頭を　わたしの胸元によせたので
ふいをつかれたわたしはおずおずと　短髪の頭を撫でて
「よしよし　うまくできたのね」といってしまい

今やポチとなった男は　自分の服従を
強いてくるようで

掌に　じゃりじゃりした男の頭の感触が脈打って
撫でた右腕は　ポチの体毛で蝕まばれ
熱くなっていく

十二号棟そばの図書館の前で　待っていてください

噴水は
間断なく　水を噴き上げていた
水面で揺れている睡蓮は　白く透いて見える花弁を固く閉じて
夜明けには
降りつづく雨に濡れ　薄緑の萼を開いていたのか

ここでわたしは　ひとを待っている

山の中腹を切り崩して建てられた
白い病棟が離れればなれに　何棟も点在して
ゆるい傾斜の坂道を
医局員が　ゆっくりと昇ってきては
わたしの脇をすり抜けて
建物に入っていく

　そのひとは　来るのだろうか

山から山へ
霧雨に羽根をおもくしながら
鳥がちいさな影になって
飛んでいく
病棟の硝子窓をあけて　それを眺めている人

行ってしまったのだろうか　そのひとは

院内感染で
多くの人が亡くなった病棟の地下にある霊安室では
人々はひっそりと影をなくして　布にいくえにもまかれて並んでいる

わたしが待っているのは　そのひとなのだろうか

雨に緑を濃くした山並みに
夕暮れが近づいてきたらしく
ふもとの民家に　あかりが点りはじめた

薄く闇をまとうように
白衣が　坂の下から近づいてくる

K国立病院

総合案内におかれた　スタンドの白熱灯だけを頼りに
薄暗い待合室を抜けると
つづき廊下の奥に　小児科診療室のあかりがあふれていた

整形外科
脳神経外科
一般外科と続く廊下には
白黒写真の展示がつづき

Ｋ国立病院と大書された看板を背に建つ
二階建ての木造建築

白衣の医師を中心にして
何人もの看護婦が患者にかがみこみ施術している
手術室の遠景

がんの治療を受ける患者と題された
放射線の巨大な機器の下に
横たわる着物姿の婦人

病棟で姿勢を正して　微笑む
ベッドから身を起こした白い傷病服を着た病人たち

患者も医師も看護婦も
展示された年代順に
この世からいなくなっているであろう人々

待つ人のいない
長椅子に座ると
硝子窓を濡らしている雨音と
保護者の質問に　静かな声で説明を繰り返している
医師のくぐもった声だけが聞こえる

「Fさん　Fさん」
受付に座っている　Fという名札をつけた看護師を
先生が呼んでいるのではないだろうか

「Fさん　Fさん　ちょっと来てください」
Fさんは　黙って座っている

「Fさん　吸入してあげてください」
看護師Fさんは返事をしないで
診察室に入っていった

病院の創業時に　アプローチに植林された柊は
正面玄関に覆いかぶさるほど
大きく育って
雨に濡れた葉裏を
闇に　揺らしながら光らせている

玄関前に止まっていた
乗客のいない病院の終バスに乗る

車窓からは
丘の上に建つ　筑波山をはるかに望む
と題されていた病院の
小児診療室の窓から
かすかなあかりが
こぼれているのが見える

夜も更けて寝室に入ろうと　本棚のまえをとおると
なぜ　いつも立ちどまってしまうの……

紺色の地に　食い込むように
背表紙の銀色の活字
頁をひらくと　いまでも光りをはなっている
つよく惹かれる本があるから

なぜ

何十年も前に　ひたむきにたどった活字の羅列

頁を繰るとき　紙の端で
指先を切ったりもした
詩人の卒論を書くために

そんなことを思い出すから
　ちがう　ちがう

その詩人の名は
今の世では　すっかり色褪せ
その名は　過去の人をさし
詩はこころざし　と言った国文学者の言葉も
止揚　抑制　情熱　意味　抒情　詠嘆
もすでに解体し
その詩人も　冷笑される人となってしまったことへの

忸怩たるおもいから
　いいえ　ちがう

卒業論文の講評があった　大学の講堂で
国文学科の教授に
こう言う人に　大学院に行って欲しかったのですが
と言われた　あの日のことを秘して
忘れられずにいるから
　そんなことではなく

わたしが一番に思うのは
この本を届けてくれた
書店主のこと

「定本の全集が人文書院から出たことを
知っていますか。
学生のあなたには高いと思われるかも知れませんが、卒論を
書かれるなら、読んでおいたほうが良いでしょう。
私が届けてあげます」
電話のむこうで初めてはなした店主は
そう言って
都心から離れた　練馬のはずれから
自転車に乗り
届けてくれた
「青聲堂《せいせい》」書店という名だったろうか

呼び鈴が鳴って

門扉を開けにいった
暑い陽射しの夏の午後

あの日の
汗でぬれたあなたの白麻の開襟シャツ
手渡された本が重く　輝いてみえた不思議

わたしは
一冊の本のために
あなたが　ペダルを漕ぎ続けて届けてくれた
あの日を
忘れたくないから

知らずしらずに

こうやって　背表紙に触れているのだ

ゆめ　みるころ

明るい光りが車内に満ちて
窓の外は　以前みたような
でも　どことは言えない街並み
土手の上のようなところを　走っている

あれ　ここは　高校生のころ通った多摩川のけしきかな
一緒に通学していたともだちが
おとなになって結婚し

どうしようもなくなって
この橋のしたで　睡眠薬を飲んで凍死したばしょ
ふりかえるまもなく　とおのいていく鉄橋

死ぬ前に
わたしたちのことを
おもいだしてくれたのかなあ

すこし離れた席をみると
高校の時古典を教えられていた
関根先生が
座っていらして
わたしに　微笑んで　頭をさげられた

そうだ……
高校生のころ
ぐうぜん先生と　暑い日盛りに
医大病院のまえであったなあ
先生　とこえをかけると
いつも授業で　厳しく指導される先生が
ぼんやりされていて

わたしの着ているミニスカートをみられて
あなたはまだわかくていいわね
わたし　もうだめなのよ
と　言われて　病院にはいっていかれた

先生　あれから

どうされたのですか

先生は　いつのまにか
影になって　座っている

むかいの乗客たちは
硝子窓のひかりを背にして
うつむいた顔を　暗くし
だれもが　しずかに座って

そろそろわたしも
そんなころなのか　とおもい
なつかしい人たちは
どうしているのかな　とおもい

まだまださきのこと　とおもっていたのに
とおもい

勢いをました電車の硝子窓が
風圧でじりじりと鳴っているのを
聞いている

夏の終わりに

区役所前の大通りにあるバス停

昨年夏に父が亡くなり
今年の初夏に　母が亡くなり
何度このバス停を乗り降りしたか

「これで　手続きは終わりです」
顔見知りになった職員に　そう告げられ

急に　淋しくなった私

大通りに出ると
銀杏並木はみな　歩道に仄暗い影を作って

夜になっていたのだ

向かいの建設途中の鉄骨ビルには
もっと暗い闇が埋まっており
そこに　白熱灯を付けた
幾つかのヘルメットが
階段を下りたり　上がったり
渡された鉄骨を　横に歩いたり
声を掛け合うことも無く

滑らかに動いている

大きな鉄籠にはいって飛ぶホタル

酷暑の夏を　凌ぐと
やがて鉄籠もビルとなり
並木は　黄金色に繁らした　葉をゆらして
よは　こともなし……。

雨音がきこえる

窓の外の
欅の　木肌を濡らしている
細かな雨の音

やさしく話しかける声がする

おさない子に　父親が
傘はじぶんでさせるの

坂道で　長靴が滑るよ　きをつけて
と　話している
こどもは
だいじょうぶ　だいじょうぶ　と
そのたびに応えて

ああ　そうだ
自分は　熱をだして
あまりにも息苦しいので
夜明けに
家人に頼んで
枕もとの硝子窓をすこしあけて　眠っていたのだ

たくさんの汗をかいて

窓辺の
しずかな　甘やかな音をきいて

おさない頃
わかかった　ちちが
雨傘のなかで
やさしく話していた声を　おもいだしたのだ

おさない子と父親の足音は
遠くなって

路面を濡らしている　雨音だけが聞こえる
夏のあさ

行方しらず

朝霧に濡れてひかる
背丈を埋める
深い蘆の原を分け　あるいていくと
水のにおいがして

うねうねと　はるかに
水もをひからせながら
流れていく

川にでた

だれかが
潜水橋*がある
と言いだし
それにつられ
おとこは　いそいでずぼんの裾をまくり
おんなは　スカートのすそを結んで　裸足になり
浅瀬に埋められた
滑りのある板を
わたりはじめた

あしを踏みだしたときには
みじかいようにおもえた　川はば

なかなかむこうの岸に　辿りつかずに
うしろでは
ころんでたてないらしいひとの
あわだつ水音もして

小魚のむれの　およぐ影もみえない
川そこがみえる
ゆるやかなながれ

それなのに
あっといって　ながされていくひともいて

潜水橋は

ゆだんならず
深いようで　あさくあり

それでも
りょうてをふりながら
なにか叫んでいる
むこう岸に辿りついた人たち

わたしたちの　気配さえも　しずかな川音に
とけていく

＊沈下橋、地獄橋ともいう。川の下に橋が通っており、
増水時には渡れない。『今昔百鬼拾遺　河童』より

行方しらず　そして

湿った　葦の原をこえ
潜水橋を
やっとのおもいで
わたりおえたころ
まわりにいたおおくの人は　いなくなり
名を呼ぼうにも

その人たちの名は知らず

いよいよ　一人になるのも
みな　それぞれ覚悟して

幼い子を連れた人は
スカートのすそに
子の　小さな手を縛り付けたり
あるいは
シャツを脱いで裂き
背中に　括りつけたり

やがて　だれの顔も　姿も
薄い闇に包まれ

海の底のようにもおもえる
青々とした　深い空に
砂金がこぼれたような
星がひかりはじめ

わたしたちは
これだけは　忘れないようにと
持ちだした
アセチレンランプ*の上部に
すこしの飲み水を入れ
水滴で灯りを調節しながら
歩いていく

ひとつひとつ　離れて
ランプの灯りが
連なって
はるかむこうの　なだらかな稜線をうごいていくのが
みえる

わたしも
あそこに行くのだろうか

＊電気照明より長時間の間、強力な光を発する利点があり洞窟探検、川釣りにも、アセチレンランプ独特の光による集魚効果も相まって重宝された。上部に水を満たす。炎の大きさは、水の滴下速度で調節する。（ウィキペディアより）

行方しらず　やがて

あれは南中の月　15・2＊
と誰かが　空を見て呟いた

岸辺には　夜光虫の青い光りが揺らいでいる
だいじに少しづつ飲んだ水も底をつき
干した果実も　生の米も

喉をとおらず　こどもとはぐれてしまったひともいて

やっと辿りついた砂の上に
座り込む

となりに座ったおとこが
まだまだ　さきだと
くぐもった声で

ほら　あそこをみろ　とつづけると

なにに誘われたか
数人が　気配をなくし
夜の海に入っていく

身体に残った力を振り絞るように
抜き手をきって　泳いでいく

冴え冴えと光りを放つ月の
水平線のきわをめざしているのか

やがて　かれらが遠景となるあたり
身体と影が一体になり
黒々としたかたまりとなって
ひとつひとつが　波間に沈んでいく
だれもとめることが　できなかったのだ

青い燐光のゆらぎと

月の光りが　眼球を射し
とおい波間に消えたひとたちも　このわたしも
かわりないことに
おもいがいたる

＊15・2とは、「月齢」月の満ち欠けの状態を知るための目安となる数値。
自然科学研究機構国立天文台NAOJより
15前後であれば満月。
数値は、梶井基次郎「Kの昇天」より引用

後　記

夢の残照とも言える、たとえ目覚めても、日常に於いて意識せずに反芻せざるを得ないようなものを、言葉にすることに捉えられて書いてきました。日常に思いもかけず入る罅、その忘れること出来ずにいる心象、を書かずにはおられずにきた歳月とも言えます。

私を知る人には、暢気者として過ごしているように見えているだろう自分も、人の生の陰翳からやはり逃れられず、逃れようのない困難が押し寄せても、言葉に縋るように、書き続けてきました。但し、自分にとっては、自身の皮膚に期せずして表出する擦過傷のような痛みに耐えて紡いだ言葉が、詩としての態をなしているか、書き続けてきた成熟がそこにあるか、と言った、世の評価は、不明です。第五詩集となるこの詩集を発刊することで、畏れることなく、読んだ方々のご批評を賜れば、と願っております。

　国文学を出自とする砂子屋書房、田村雅之社主に、詩集刊行にあたり、細部にわたりご助言頂いたこと、また装丁や造本にも迷いの多い私に、編集者としての多くの経験から、様々なヒントを与えて下さったことに、ここにあらためて感謝申し上げます。

　また長い年月、私のような者に、変わらずに優れた作品で、詩を指し示してくださった、尊敬してやまない多くの詩人に、誌友に、御礼申し上げます。

二〇二四年　六月　芒種

春木節子

目次——行方しらず

装本・倉本　修

著者略歴

春木節子（はるき　せつこ）

一九五二年　東京都文京区目白台に生まれる。
一九七四年　日本女子大学国文学科卒業
一九七六年　鈴木亨主催　第二次「山の樹」同人
一九八九年　「馬車」創刊同人　現在発行責任者
一九九〇年　詩集『巴里通信』近文社刊
一九九二年　詩集『鎧戸』本多企画刊
一九九六年　詩集『悦郎君の優鬱』本多企画刊
二〇〇二年　詩集『Nとわたし』土曜美術出版販売刊
二〇一六年　詩誌「歴程」同人

日本現代詩人会会員

現住所　〒169-0051
新宿区西早稲田3・17・4・212
hruki.basha@nifty.com

詩集　行方しらず

二〇二四年九月三日初版発行

著　者　春木節子
東京都新宿区早稲田三―一七―四―二一三（〒一六九―〇〇五一）

発行者　田村雅之

発行所　砂子屋書房
東京都千代田区内神田三―四―七（〒一〇一―〇〇四七）
電話〇三―三二五六―四七〇八　振替〇〇一三〇―二―九七六三一
URL　http://www.sunagoya.com

組　版　はあどわあく

印　刷　長野印刷商工株式会社

製　本　渋谷文泉閣

©2024 Setsuko Haruki　Printed in Japan